百年新诗百部典藏 / 马启代 主编

弧　线

陈红为　著

江苏凤凰美术出版社

全国百佳图书出版单位

图书在版编目（CIP）数据

弧线 / 陈红为著． -- 南京 ：江苏凤凰美术出版社，
2018.10

（百年新诗百部典藏 / 马启代主编）

ISBN 978-7-5580-5114-2

Ⅰ．①弧… Ⅱ．①陈… Ⅲ．①诗集－中国－当代
Ⅳ．① I227

中国版本图书馆 CIP 数据核字（2018）第 198346 号

责任编辑　曹昌虹
装帧设计　小马工作室
责任监印　唐　虎

书　　名	弧线
著　　者	陈红为
出版发行	江苏凤凰美术出版社（南京市中央路 165 号　邮编：210009 北京凤凰千高原义化传播有限公司
出版社网址	http://www.jsmscbs.com.cn
印　　刷	河北飞鸿印刷有限责任公司
开　　本	710mm×1000mm　1/16
印　　张	10
版　　次	2020 年 4 月第 1 版　2020 年 4 月第 1 次印刷
标准书号	ISBN 978-7-5580-5114-2
定　　价	28.00 元

营销部电话　010-64215835-801

江苏凤凰美术出版社图书凡印装错误可向承印厂调换　电话：010-64215835-801

总序

转眼新诗已百年

马启代

早在 20 世纪的最后几年，大家已在议论新诗百年的事情，近年来，"新诗百年"的话题和各类活动甚至与社会商业活动携手并肩、大有超越诗歌本身的勃兴之势。事实上，看似在热闹中诞生的新诗，其本性与喧嚣并无基因上的联系。艺术与人类历史一样，有着表面风风火火的一面，也有着沉潜低回的另一条趋线。作为伴随新文学诞生的一个新兴文体，它呱呱坠地的时代的确可以用狂飙突进来标示，故我虽一向把社会"思潮"与"诗潮"的相伴相随作为认识百年新诗的一个重要视角，但我并不认同仅仅把波涛浪峰上的那些弄潮者看作新诗百年的代表，也就是说那些以潮流和流派及其风云人物为特征的历史叙事所构成的只是一个粗线条的描述，正是"思潮"与"诗潮"的历史共振，加上民族危难和社会动荡所造成的探索中断和精神异化，新诗所欠下的旧账一再被后来者忽略或轻视，仿佛一个亢奋的战士，冲锋中丢弃了装备，几番沉浮，在这个百年的节点，正是反思得失、检视成败的契机。当然，作为在争论甚至反对声中活得多数时候都青春四射的新诗，对质疑和批评的回应与对自身缺憾和弊端的正视从来都是一体两面需要痛加剖析、修正的问题。

我想略通"近代史"的人都会理解，产生于春秋战国以来极少出现的思想自由争鸣时期的新文学，结出新诗这个果实，既是必然，也显得匆忙。我们至今对它的称谓还有争议，如白话诗、自由诗、新诗、朦胧诗、现代诗、汉语新诗、新汉诗等，各有历史定位和美学指向，但莫衷一是，互不认同。此外，关于新诗诞生的历史成因、艺术脉络也各执一词，互有个见。我曾在《新汉诗十三题》中说过，它的源头不是旧诗，它与古诗、律诗、词、曲的代终体换不同，新诗直接来源于外国诗，不是一般的启示与借用，但新诗最终应是民族文化求新求变的产物皆赖于外来文化的刺激复活以及几代学人承前启后的不懈挽救。借此界定新诗的生日——假如非要有一个最大认同公约数的时间，我想，既不是胡适在《尝试集》中几首诗后面标注的 1916 年，也不是《新青年》2 卷 6 号刊发胡适《白话诗八首》的 1917 年，而应是《新青年》4 卷 1 号刊登胡适、沈尹默、刘半农九首诗的 1918 年 1 月。显然，作为《白话文学史》作者的胡适，深知"白话诗"与"新诗"在观念、精神和美学追求上的不同。他在 1917 年 1 月发表在《新青年》上的《文学改良刍议》被认为脱胎于美国女诗人洛威尔的《意象派宣言》，而意象派运动其主要旨趣在于解放英语诗歌的形式和语言，尽管他的代表人物庞德据说受益于中国古典诗歌的翻译。

但毋庸置疑的是，新诗承续了发端于 18 世纪以来世界范围内的诗歌自由化趋向，其背后蕴藏的历史人文内涵和深刻的人类精神走向乃潮流和大势。百年来，世界和中国都发生了许多亘古未有的大变化，人类在苦难和荣光中创造的无数诗篇，成为记录人类心灵和精神变化的珍品。尽管至今尚有人对新诗做出实验失败的定论，近年旧体诗创作日隆，也大有复兴的气象，但无须争辩的事实是：首先，新诗是个伟大而粗糙的发明（沈奇语），它无愧于百年风雨沧桑的砥砺磨洗（张清华语），你即便说它不成功，但也不能无视它有成就（桑恒昌语），穿越百年的时光隧道，战争、天灾、人祸以及正常或不正常的生存考验，新诗已经成为现代人重要的灵魂洗礼和精神救赎的载体。熊辉教授在《纪念新诗百年》中认为百年新诗的发展，最大的成功是确立了自身的文体优势。分行排列的自由书写成为承载现代人情感和思想的有效形式，而吕进教授把新诗看作"内视点"文学的主张，为现代新诗内在形式的确立提供了理论依据。其次，新诗采用大量口语和白话进行书面转化，使古老的汉语焕发出新的生机，重新把优雅与深邃找回，其在唤醒和复活民族灵性上体现出无可替代的前景。最后，我认为新诗与社会思潮与生俱来的根性联系，使其始终勃发着一颗求新求变的魂魄，百年来，它对于中国人精神的塑造居功至伟。

当然，一个百年的文体也许还处于未完成时，尽管许多文学史、诗歌史已翻来覆去根据不同时期的政治需要和个人诉求做过这样那样的修订甚至重写，事实上，所谓百年我们也不妨做模糊的理解，百年新诗也许尚未走出自己的青春期，业已形成的传统还显单薄，无论是文本本身还是理论批评范畴都面临着很多需要解决的问题。新诗不是"作诗如作文，作诗如说话"（胡适语）那样简单，断然不能把一种精神倡导理解为实践指南，正如不能把"下半身写作"理解为"写下半身"，把"口语写作"理解为"口水写作"。尽管民歌民谣给了自由化写作最初的滋养和激发，成就了彭斯和华兹华斯等不朽的歌唱，但新诗随着现代思想的传播，不适合进化论的艺术需要坚守和弘扬的恰恰是最初的和最原始的人的精神和梦想，最本真、最本质的感动。新诗突破了古典诗歌"触景生情"和"睹物思人"的套路，注入了"以思触诗、以诗触思"的感悟和体验，形成了"缘情言志寓思"的现代模式，这些皆赖于中西文化交汇中英美的浪漫主义和法德的现代主义诸流派的深度浸润。但一个文体既有它自我革新和不断蜕变的免疫能力，也有自我阉割的自杀倾向。如今，经历多层磨砺和戕害的新诗呈现出精神伦理和艺术审美上的诸多问题，"生底颤动，灵底喊叫"（郭沫若语）极有被废话、脏话淹没的危险。我在《百年新诗的"三度"迷失》和《当下诗歌创作的"三化"警示》两文中做了解析和指认。据此而论，吕进教授提出新诗的"三个重建"和"二次革命"多年，在展望未来时的确应引起我们的深思。

时光如白驹过隙，对于天地历史而言，百年不过弹指间的一个刹那，但于人于事，一个世纪毕竟暗藏着天翻地覆。适逢新诗百岁，借此数语，聊寄祝福！

目 录

一群奔涌的云朵（组诗）
——记 37 届世界诗人大会

乌兰巴托纪行

没有马的天空
没有青草
威武雄壮的灵魂
回荡，不远不近
风，是低处的风
水，是高处的水
吉祥的人自有天相
吉利的字符，一个群族的编码
一直奔跑在路上
驾驶位置左右逢源
善意的木讷
善于眼神交流
善于勤快表示友好。我们
自豪于辉煌的大殿
徜徉

这么恰如其分的统一

灵魂绑在一起
不同肤色的手频频举杯

荧光灯下友好微笑
手紧紧握在一起

这么恰如其分的统一
今晚，我们都是最幸福的人
高处和低处的徘徊
在世界的一个点闪闪发亮

我们的肌肤从来没有这样光泽
所有的心脏瞬间复活
瞬间抵达从未抵达的声音
蓝色的天空布满宏图

我们围绕古老旋转
走过来，又走回去
我们坚信诗歌是年轻的
坚信，坚定的信念
在秋天的高原日渐丰满

征服者的塑像

没有一个夜晚是平静的
包括今夜
一千多公里的距离
高原和平原的落差
漂浮的蓝天和游荡的蓝天

面对一座塑像静默
那么彪悍的血肉怎么就成了石头
怎么只能在天空飞翔

我们彼此征服
我们一起去征服
我们寻找可以征服的征服
我们需要这座征服者的塑像
共同树立地球的丰碑

一群奔涌的云朵

乌兰巴托的街道
一群人散步，一群人
赶路。路面玻璃般光滑
大地很深，天空有深处的影子
一匹野马奔腾而来
站立成一座雕像

俯视万里
没有什么能阻止深邃的眼睛
扎根的青山，远方的海浪
每个人都有高大的宫殿
夜色浓郁的地毯
掩饰沉重的脚步
我们的美好在醇香的奶茶里
我们的沉醉，犹如天空的广阔
犹如一群奔涌的云朵

这些颜色的孩子

这些颜色的孩子
遍布整个宇宙

孤独丰富，运动停止，闪烁永恒

由浅到深，那些骨子里面的痛苦
落日掩盖下的伤感
疯狂纠缠中的脆弱
堆积，燃烧，灰烬

由深至浅，万物祥和
风雨过后悠扬的琴声
我们心爱的马儿
积蓄，征程，完美

扬起的墨和落下的彩
研磨半生
我们欣喜风中的缝隙
雨，孩子们的泪滴

雅布胡朗公园

在雅布胡朗公园，激情
和阳光一样明媚
不同的语言，抒发着
热爱，真情，悲愤
喷泉的水雾
膜覆触摸屏的文字
世界在这一刻静止

所有目光凝聚伟大的诗人
——雅布胡朗，他累了

需要坐下来休息，握笔的手
垂下来，余晖洒向远方
等待每一个诗意的到来

马头琴

十五岁之前骑马
二十五岁之前骑马，摔跤
三十五岁之前骑马，摔跤，射箭
四十五岁之前骑马，摔跤，射箭，嘹亮的歌喉
还有马头琴。在缺席的位子上
回响了这么多年

影子王国

在草原，影子平坦，长长的
没有记忆。一瞬间长大
一瞬间成为自己的国王

叶汁流淌
沙砾充满躯体，一匹野马
奔跑，漫无边际
阳光倾斜，丝丝渗入

最终，天空像一面镜子
无数的影子闪烁
无数的影子和黑暗对峙
无数个，站立起来的黑铁

沙　葱

广阔沙葱的戈壁还叫不叫戈壁
成群牛羊，在沙葱的掌心
膘肥体壮

贫瘠中积蓄的小花
洁白，朝气
携格桑花开，招手远方

热情，奔放，豪爽，悠长
一首古老的歌
白云下乘凉，丰富蓝色的天空
无所顾忌

高原的声音

越容易风吹草动的地方
越狂野，越钟情
能够更快回归宁静

迎风摇曳的诗句
如极速运动的云朵
天空那么近
生命如此渺小

浪头呈包围之势
遥远处包围
把踢踏声封闭在夜晚之内

在悠扬的马头琴声中
忘记举起的手，忘记
抬起的脚

一只鸽子在我腰间穿过

一只鸽子在我腰间穿过
昂着头，没有发出咕咕的叫声
地面坚硬，倾斜
不在意我是否停止脚步

豪华的殿堂外徘徊
我也曾在高耸的佛像阴面
遇到。那么安静
就像雕像附加的部分，众佛
自古引申的部分

夜空就是一面大鼓

夜空就是一面大鼓
无数鼓槌的影子
无声冲锋。我脚下的冰是最薄的
好像稍一用力就会破
稍有停顿便会瞬间抖落
星星总在边缘闪烁
像是固定天空的钉子
拳头，肘部，跆拳道
北风不停地吹
我知道，我的对手只有我自己
我不知道我一直在怕什么

山洞中的石头

山洞里唯一的不空洞
一年也就那么几滴
水滴，滴入水中

空灵，苦难，扭曲
这些声音都是凭空想象的
这里只有黑暗
阴冷是黑暗的一部分

永远不会成为光亮的嚼头
这些普通的石头，更像石头
更像地层的本质

不经意的黄昏

欢快偶尔从丛林深处飘来
血滴在叶子上颤抖
笼罩整个山谷
接近不经意的黄昏

永远不会接近更有力的东西
欢快总是轻盈的
虽然那么短暂
沿途的疲惫那么长
长到可以接近快乐

黑夜不黑

潮水般卷过
旧的一页，湿漉漉的温馨
沙滩上的脚印很浅，痛苦很深

快乐很快
忧伤是慢的
不停寻找，不能中断的快乐
慢慢消耗忧伤

岸边的石缝满含泪水
广阔的黄昏下默默无语
那颗心，跳动不紧不慢
在树林边不高不低
和霞光不远不近。黑夜
即将遮蔽大地的眼睛
黑夜不黑，无处不在
闪光的泪

光阴的记忆

所有星星
封闭在漂流瓶里
一半隐于海水
一半留给海风

有人贴近凄凉
有人品读银河
在孤独在光阴的记忆里
不能自拔

表白时的眼神

汩汩流淌
生命，周而复始
永不停歇。灵魂
空中盘旋，狂风之上
暴雨之中的空白
接近太阳最直接的距离
起跑线画了又抹
描完又更改位置
那么多不确定因素
命运，只能表白
一个人，表白时的眼神
一直在远方
空旷回荡

新鲜的爱

每个早上
我们都有新鲜的爱，甚至
不会重复梦。我们的爱
就百十公里
把平原的爱搬到山里
不去改变一块石头的温度
山风不吹乱你的秀发
我们在山雨里摇摇欲坠
内衣叠得整整齐齐
风衣挂得亭亭玉立

我们不惧怕冬天
每天最柔和的时光
能凿出冰层下的鱼
太小的，我不会给你
我要给你，弯腰张嘴的那条
体温，在手心里
恰到好处

舞　台

光线层层笼罩
奔跑成为圆的，翻滚
手掌和脚掌击打
没有观众的舞台
序幕反复拉开
光亮中坎坷，坎坷中
铿锵的乐曲
是一个人的背景
是一个人切齿的痛

不　会

世界的任何一个角落
不会遥远
追随一个人的背影
不会圆满
浑圆的曲线
是一种诱惑，诱惑
无尽的欲望
永远不会停止

一　直

宽广明亮的大道
一直延伸
高大的隧道入口
像一扇门
一直敞开着
没有人能够停下来
没有人想过，要停下来
阳光一直延伸到出口

迷　茫

阳光和阳光相遇
那些加倍的明亮
群山擦了一下眼睛
低了一下头

绵延不绝的事物
忍着不回头
一再压低欲望
即便前方很迷茫

夏天的一场雨

夏天的一场雨
季节在朦胧中明亮
岁月结晶
成为未来的化石

黏人的秋夜

黏人的秋夜
日子日渐丰满
夜空消瘦，显露孤单

风不紧不慢缠绕
一切向往的事物
隐蔽季节，隐蔽一段接近的时光

这时的海没法和山媲美
内心比脸庞充实
含蓄比冲动更能征服心爱的女人

性在万物遮掩下接近成熟
更加贴近季节的本质

那滴来自骨髓的泪

秋天的夜走在前面
不知不觉引领着季节
粗糙紧紧围绕
那些微小的圆润，充满倔强
充满一触即发的汹涌

一颗露珠终究坠弯了腰身
那滴来自骨髓的泪
不会后悔
向季节低下的头颅

低处，不言深浅

石头从向上的山路滚下
光滑的峭壁，瀑布
飞流直下，溅起的水滴
弧线抛落

万物归于一点
流动的归于静止
高处的归于低处
低处，不言深浅

举起的手臂

戛然而止的呼喊
抬起的脚只能向左或者向右
你能否带着消失的声音回来
你应该知道
我连一点点追赶你的勇气也没有

多 余

多一个是不大的负担
少一个也无所谓。多余的人
不认为这是多余的
他（她）不想多余。代表
那么多，多余的人

独　处

独处的时候读书，体会
独处的文字
湖泊，森林，黄昏
多画面的立体屏幕
跨越自然的高耸影像
覆盖的历史不再明亮
黄昏是静寂的
和历史一样幽深

我也深情地折磨我自己

我们能够看到，听到，感觉到
甚至嗅到，抚摸到
这些确切的事物
有人惊喜，有人默不作声

一生有多少风穿过
小小的针鼻，连接
断裂的记忆
我们很注重的皱褶，能否
成为新的花朵。花盆中的绽放
是否还会脆弱

依附一个人的肉体
深入骨髓的恨。抽打的鞭子
浸透泪水
痛苦，坚韧，逆来顺受
我也深情地折磨我自己

风雨夏夜

我们背负着圆圆的人间
如蚂蚁般爬行。在世上
我们高过树木，高过天空
成为同类型的星星

我们之间横着银河
明智的搭建，总是距离接通桥梁
一步之遥
我们锻炼蹦跳，练习飞翔
悬崖边缘擦肩而过

我承认我的明亮和不洁白
静止的移动和躲风的本领
错过的雨伞，垂直
穿透的夏夜。我也穿透你
用一直隐藏的僵硬
孤独远行

两个人的杠杆

能撬动你的一生
也能撬动你一会儿
撬动不了你我的失重

永远幸福
瞬间的幸福
疏远，孕育的幸福

你脆弱中的坚强
萌发多少疼痛中的快感
我不说，你也知道
快感里包含了多少疼痛

我们必须年轻
一个老练，另一个天真
才无愧于命运的天平

完整的器皿

破碎之前
要用坚硬锔定

不是为了收藏
这个世界需要糅合的东西太多
完整的器皿
不至于漏掉分量

净重以外部分
在世人眼里已经赤条条
蜷缩在一起，毛发也已脱落
还有牙齿

缓慢，漏风
凭推敲形成文字
只有倾听。在煤油灯下
安静成一道喧嚣的风景

葡萄酒庄园

"太阳照在桑干河上"
也照着桑干庄园
黄土色的，毅然站立的建筑
群山环抱的一座丰碑

葡萄叶子即将飘落
石块之上的厚度一直那么厚
目光聚焦了几十年，厚重
已几千年

一首诗的辽远
古老和古老紧密相连
现代超越现代，地球
完美的光环闪烁

圆润，澄清，协调，悠长
我们品味精湛，品味优雅。未来
品味我们

我们以悬崖为平台相爱

紧紧抱住故乡
在繁华的街道
湿润的土地浸着泪珠
多情，激动，无所顾忌

不需要窗帘
我们也没有。天空
透明的蓝
我们回到了远古的海岛

折叠的翅膀是身体的数倍
一气呵成几千里
我们以悬崖为平台相爱
把彼此当成故乡

死了都要爱

一个人，让死重复过两次
应该是最爱的人
第一次是没有了意识
第二次是失去了肉体
钟表上极短的时间
不够一声嘀或者嗒

这么短的时间没有爱
不算不爱
这么短时间仍然爱着
还值不值得爱

诗歌的样子

屈原选择汨罗江
一定把它当成了故土。江水流动
故土也可以是任何地方
体温传递。我们
伴随诗歌成长
逐渐形成诗歌的样子
——皮肤宛若光亮下的水波

纹路清晰，层次分明
自己捆绑自己的才智
与生俱来的负罪感
甘愿接受任何救赎

太阳是天空的乳房

办公室在阴面
书房在阴面
我买不起灿烂的阳光
没机会在日照时间里享受悠闲

我骨子里充满繁华
充满浪漫，充满爱情
普照大地的阳光不会抛弃我
我也想，像小草一样落地生根
像树一样不需要房子

我缺乏钙，缺乏维生素
手掌脱皮，早生华发
一心向往天空
渴望天空的乳房
——饱满的和下垂的乳房

我将启用公元前的时间
生存，生育，争霸，钓鱼
但我不会去拉过于强硬的弓
也不会搭上阴谋诡计的箭
即便这箭是东风送来的

我也只会去射想象中的鱼

箭和鱼
我都不要，我只要河
我只要，我的爱人
拥有一面古老的镜子

我只想还自己一个黎明

南方，一片海市蜃楼
宁静的夜晚，遥望
是唯一的入口

当作敌人，当作朋友
抑或情人。我知道
会有无数只手伸向我
我反而抓不到
他们还不承认

古典音乐徐徐飘荡
虚构弦外之音
即便今夜，那些旋转也不会偏离轨道
我的旋转也不会停止
我只想还自己一个黎明

我一直向着光亮奔波

路边花草水灵灵的
这个季节的露珠，不分彼此
动词交换动词
被足疗店一次次误解
没人提到路人皆知的宾语

掌控灯光的人，掌控不了舞台
正如掌控了速度，掌控不了道路
我一直向着光亮奔波
责备，自责
肉体成为盾牌

血肉模糊的脸
落日，荒野，枯草，硝烟
坚毅的眼神
枯哑的质问。漫长的
美好

我俩之间

所有的推脱你不会懂
我俩之间，花朵开了又谢了
永远的纯真
是你永远的魅力

我不会看你一眼
书单大于整个世界
能回避我们的火辣和尴尬
山泉水，灯光隧道
我们宁愿在封闭中光彩

寂静着。就算
我们的灵魂交流
在不为人知的角落
为肉体的欲望
祈祷

不认为自己是一匹马

我不会轻易对世界说一句话
即便落在马群后面
也不认为自己是一匹马
焦煳味儿的等级烙印
长鸣拽不来洁白的云
挑选出来的一匹匹骏马
在精致的马号，虚幻草原
伴随金槽金鞍
肆意狂奔和媾和

把一生放在一粒芝麻里

总有不信鬼神的人
一味地相信坟地
越是荒凉，越是膜拜

有时，我也想吼几声
问题是吼什么、朝谁吼、吼了又能怎样

把一生放在一粒芝麻里
很多人不屑一顾
但是能开门，能磨出香油
小饭馆要碗面条，麻酱不收钱

柴米油盐的日子
和爱的手握在一起
欣喜，迟疑，呻吟
只有睡眠属于我自己

冲刺之后

冲刺之后
仰头是荣耀。低头也是
理想使宝刀不老
也可能是欲望
酒水和海水里都有魔鬼
无论颠簸还是飘摇
必须比所有液体高
我们要用一生，争取
握住灵魂

他们那么高贵，也不会疼

刀和叉比宰杀刀高贵
盘中的羊排不会疼
他们相互欣赏
他们之间不会滴下一滴血
没有血性的还有
鸡血石，上了十几遍红漆的木头
出尽风头的大红大紫
他们那么高贵
他们也不会疼

空　间

精心设计
暴风雨
抽打你的那部分

再小的空间
也大不过黑
无孔不入的瘴气
变幻无常的毒刺

粗糙的砂纸
细腻的钢锉，精致的纹络
掠夺，你更小
小得成一枚银针
亮度追赶着闪电

我会谨慎呵护
你的空间
成长得韧性

嘶　哑

没有灯光
窗子，没有星星的天空
试图融入我的身体

我和树站在一起，只是年轮
一圈圈缩小，一把规则豁口的刀子
绝不是锃亮的斧子
在暗夜嘶哑

锁

买不起锁的门
有门闩就足够了
甚至，有没有门闩也无所谓
不像古代的城门
门闩比锁还坚固

又有人关上门的瞬间
想起没有带钥匙
门是金属门，锁能镶到门里面
锁比门还要坚硬

这些人是幸运的
不像梁小斌，为了回家
苦苦寻找丢失的钥匙
也不像余秀华
人家没有留下钥匙
只能用诗歌与一把锁对峙

它，过于冷静，有些偏执
永远不会长大，像现代人
惦记的孩子

石头下山

把一块石头背进山洞
挤占阴暗，压缩虫豸的空间
让石头是完整的石头

沿途也会有热心的老农
帮着小心翼翼放下来
以免石头伤害石头
然后一起坐在上面
谈论很早以前的山路
谈论疯长的石榴树、山泉水和消失的鸟窝

其实石头下山
也是有使命的
为了验证水落石出
验证铁石心肠，验证
一块石头落地后，空空的心里
迫不及待的美好
比石头强硬

湖边的春天

有人跪地成坑
就会有人落泪成湖
那条抵达灵魂的路
灯光延伸

任何一个十字路口也不会迷路
不会减速

我喜欢你是洁白的
洁白舞动，清洁流淌
如冬天的一倾梨花
在梦里成长

我没资格和你谈笑雪月
湖面在动，剑已沉入湖底好多年
我们仰望燕来
模仿燕子筑巢
迎接一个洁净的春天

夕阳下的影子

夕阳下的影子是最长的
冷静，不期盼留下任何痕迹
汗渍在清凉中蒸发
蝉鸣声更嘶哑些

省略了所有的告别
河水只是过客
栏杆拽藏起桥墩的手臂
院子里的柳条筐空了

那些成熟的庄稼
被村庄的小路分成两半
它们都红光满面，歪斜着
走进各自的小屋

我在大路上徘徊
回忆穿过村庄，穿过河床
到达太阳升起的地方

一枚羽毛在天空中的任性

我们的爱只能在天上
微风吹拂的，只是春天深处的信息

我们确定，我们都不会老
因为诗歌里没有老人

我们用诗歌美容，没有人
会嫉妒我们，代表的一群人

因为你的乳房，我的手不能够
像你一样，去触摸一颗悸动的心

我会在微风中倾听，在诗歌中
感受，一枚羽毛在天空中的任性

莫泊桑的"项链"

罗瓦赛尔太太完全可以
用一条高仿项链，送还
福雷斯蒂埃太太
神不知，鬼不觉

也可以直接告知福雷斯蒂埃太太
一下了解了假项链的真相
朋友间一笑了之

也许福雷斯蒂埃太太
会假戏真做
无非诉苦，哀求
半价折扣，甚至干脆不要
落个友谊长青

这样，罗瓦赛尔太太
一直虚荣下去
傍上部长或别的高官
比福雷斯蒂埃太太
还高贵
没准儿，还会有更时髦的项链
借给福雷斯蒂埃太太

又一个虚幻的冬天

雨是不会撒谎的
所有的忧愁和欢乐
都会落地、潮湿或流淌

季节也会
大雨时节不下雨
大雪时节不下雪
甚至整个冬天不下雪

我说我们一起堆雪人
你准备好了大帽子
和我的毛衣用的同一轴线
只是我的玻璃眼珠子
无处安放

又一个虚幻的冬天

最初的结果

文字深入骨髓
蓝色的，黑色的
墨迹永远不干
抑或已成为坚硬的一部分

音符里行走
时常被大风淹没
不怕捶打
有颗钉子被楔进头盖骨

总有椽子比房子古老
成为更古老的摆设
油漆光艳包裹
斑驳一次，新生一次
忘记了最初的结果

被抛摔了无数次的簪子

散乱堆放的照片
眼睛在动，嘴巴在动
胳膊拉动着手，在动
在固定的圈点

阳光在凸起分明的肌肉
群情亢奋
随扬起的秀发迅速连接
通向每一个角落的导线
流淌是优美的
绝壁飞瀑成为景观
冒险者立体的文字

赤裸的背景
在夜晚，成为灯光的居所
那么缓慢的激情
越扫越拥挤
几欲胀破的空间
围固的颜色层层脱落
有人用破旧的门槛板子
固定死了两扇门
缝隙，被挡在外边

那把被抛摔了无数次的簪子
原来是一颗最长的钉子

一道堆积的石头

今夜，面对一层层的明亮
固定光亮
阳台玻璃擦干净
父辈的灯罩也擦干净
隔断门，干脆敞开

静静挂着
等待一场雨滴的摇曳
朦胧一次，清晰一次

魔鬼铠甲锃亮
兵器古怪，邪恶武装到牙齿
善良，身处危险
悲惨，无助
噩梦中醒来

身影，照射成一棵树
或别的什么
把树影照射成一个人
在古老的高耸里
欣赏一缕光线

一道堆积的石头
穿透眼睛
穿越心脏
成为空旷的影子

偶 像

文在前心和后背的猛兽
奔跑起来
雨幕里嘶哑着吼叫
拽下一道整齐的闪电

翻滚的尘土
跌进沟里，流到河里
加厚河床的干涸

泥鳅，抑或乌龟
成为化石之前
奇迹般复活
优美穿梭
成为撞击跌落尘埃的偶像

江　湖

大海上行走
只是极少数航海家
既远又广

沿着河流走来
说深就深，说浅就浅
只是太深奥
淹没了所有的目光
包括自己
浅显，渐染了悠闲

不断加高的吃水线
停泊在离岸很远的宁静里
那个天生晕船的人
从没心思欣赏栈桥的风景
来去都很匆忙

浮 云

系在白云上
红色的纱巾
以便区分眼睛里的白
和自身的白

残阳就是一把温柔的刀
透明的红，漂浮
仰望，急剧变换

天近黄昏
找寻广阔的蓝
为了一张静止的风景

密码盘

零至一百以内
任何一次停顿
都会勾出一天
一分钟，一刹那的
惊讶

世纪之谜
丢失密码的保险柜
预先或后来设计了无数
旋转的空隙
没有一次重叠的开启

历史，一次次尖锐
有力地捶击
一点点破碎
抛开了所有可能的推测

不一样的版本
收藏，各种文字
轮番上演

躲　雨

企图逃避
丝绸的故乡
会有更美好的光滑
形容丝绸，比作女人

这个季节
雨，注定是要来的
漫不经心的傍晚
勾起刻意完美的设计

睡意全无
藏着的小心思
淋痛每一个可以
亲近的环节
躲避的湿
凄凉了整个中年

一个找寻天国的女子

遥远，太遥远了
迷茫一次，接近一步
不容一丝一毫的玷污
甘愿超越最深刻的
疏忽

天国的路上有火药
金属严密包裹
肉体层层包裹
罪恶和正义同时包裹

浓烈和漂浮扶直篱笆
成为高耸的护栏
更深的悬崖顶部
徘徊

又一场暴雨荡涤
沙哑的回声
最宁静的时候
最清悦

昂　头

雷霆之下
头，昂得更高
眼泪流回眼里
循环一生
注入脚下的土地

昂头唱凄婉的歌
只为时常响起的旋律
只有声词，又有生词

长发冲淡清秀
婉约豪气
那是抽打自己的鞭子
再长些，再长些
追打灵魂游离的鞭子
缠绕悠长音域的鞭子

与小草、星星
连成直线，小草有梦
星星有根

小　草

细小，快捷，重复
优美地旋转
轻盈敲击

不为阳光惊喜
不为雨露折服
季节的节奏
有序舒展

加固本色
结成完美的整体
成熟繁衍

保留思想的缝隙
蜿蜒如歌，静幽如画

高亢盘旋，顺势
重叠绵绵
烈火中永生
咆哮里
不屈的精灵

坏脾气

一个下午的愤怒
就是黄昏前的阴暗
黑夜前的昏暗
再一个黎明以前的黑暗

坏脾气
事无巨细的粗鲁
联想丰富的狭隘
剑走偏锋的执拗

落下的雨是水
是流水、狂涛
灾难过后
宁静的水洼

大地杀死了那么多箭镞
羽毛纷飞
叛变后的狂舞
锈蚀前的豪赌

点 燃

冰冷把冷静点燃
熊熊燃烧
彻底燃烧

又熄灭了
小时候的煤油灯
太微弱，还不时拨小
灯芯的火苗

黑暗太大了
大到只能看到对面
一张脸，鼻子几乎碰在一起
谁能轻易搅动
温热的嘴唇

不懂事的年纪
最能读懂人
爱，往往重复好多次
深浅而已
远近而已
真正说出来了
火柴就把火柴点燃了

生存空间

我们都是活在海底的人
一定有把星空叫作海洋
白云视作浪涛的外星人
不一定比人类高明

正如海洋最深处的生灵
看我们
时而敌意，时而
敬畏不断发展的科技

天真的坏

大一岁和两岁的区别
只是年代 ，结点
游泳池，在放水前或注水后

具体到一天
一分，一秒
抑或一生

天真的坏
不谙世事
固守一份喜悦

繁华落尽
只有深夜才寂静的
安静

灰烬前的序幕

多姿
因为阴雨后的多彩
架起的渡槽

连接山与山的干涸
只为流淌

地壳，只是海底的不平
没有什么可抱怨
近邻胜过远亲

比冷淡还冷淡的热情
灰烬前的序幕
没有什么比真实
更真实的艺术

塔 吊

车子刚上铁道桥
迎面就是阴雨中
阴郁的塔吊

几只臂膀空空
横在空中，运气
时而瞥一眼
宽阔的堵塞

轻轻地抓起高度
自己才会更高
每天忙碌着比赛
封顶，支离破碎的
圆满

粽子的尖角

饺子，包裹着
春节的喜悦。元宵
滚动着十五的团圆
月饼，满含
丰收的圆满
粽子，凝视历史的叶子
绿的舍不得剥开

包裹着节日的祝福
扎得那么紧
不同方向的角落
指向最少的文字

好在龙舟的庆典
是奋勇向前的
精壮的臂膀重复着
一个音符
响彻了几千年
单一的
多像粽子的尖角

爬树翻墙

小兵张嘎们一样
瞭望，已经没有了敌情
高处的榆树叶子
总算摆渡了一阵肚子

以后的习惯
和小伙伴们没有区别
再大的树下，闲不住
看看更远的风景
甚至折断最密的树干
制造崎岖的山路
荆棘丛生

翻墙的技能没有延续下来
夜不闭户
又怕成为墙头上的草
随着年龄的增长
时常念叨《墙头记》的古剧
担心被发现

电　锤

凿壁偷光
毕竟太隐晦了些
幸福美好在楼宇间穿梭
空调孔也是

匍匐着冲，钻
高悬在外墙的色彩
编织生活

令人厌恶的大嗓门
恰如其分地化解
谁没有搬弄过季节
谁没有固定过多年的风雨

深入更深入
延长引信，炸裂黑暗
开拓时光隧道
完善精美

老屋门前的轻微
细长细长的针灸针
缓解很久以前的暗疾

周围悉数空旷
没人还会留意月光

日月同辉的晚秋

晚秋的上午
太阳是温暖的
天空很蓝
月亮像一小块规矩的云朵
远处的白云
在太阳的另一个角度

远山隐隐约约
像你的笑容，喊出的声音
听不清楚。确信那就是岸
我就是湛蓝中的一条鱼

游向你，携带着大海
首先用轻柔的波浪
我还有整个下午的时间
淹没你

丛 林（组诗）

一

暗夜里蓬乱的头发
肃杀中摇晃的树
孤独的灰烬，埋藏
长筒猎枪
瞄准赤裸

战栗，哀号
马蹄踢踏，淹没
预定的暗语，一只
古老的箭，锈迹斑斑的箭

鲜血浮起笨重的船
漂流雨季
途经绝美的峭壁
和悠然自得的寺庙
穿越网络的几行美文
掠夺黑幕下惨白的脸

二

即便遍体鳞伤

即便呼吸微弱
也要努力睁着眼睛

每一次喘息的机会
都是向死亡靠近了一步
伸手可及的锋利
把丛林划开一道口子
供养溪流，供养鱼

三

相遇，命运的对话
不要轻易破解任何密码
古老的传说中对峙
寻找自己，寓言中的角色
重复上万次的谚语
改变了规则

四

有人躲避火光跳舞
有人注视灯光沉思

偌大一个森林
出乎意料的一声惊呼
死亡，也就是
一棵树到另一棵树的距离

五

任何一次路边的挖掘
都可能成为坟墓
那是距离地狱最近的路
除非赤手空拳
除非五体投地
复活的机会很小
小得容不下一只拳头

六

寂静是天生的
密不透风的空地
抓起一把雪，吹落
再抓起一把，吹落
周围的树不存在
远处的树也不存在
只有天空下着雪

七

下雪的丛林远好于雨季的丛林
没有蚊虫叮咬
没有毒蛇出没
不至于中毒而死
不至于腐烂消亡
完整冻结
也就完美了整个丛林

下　楼

爬了几十年的六层
没等搬进高层就被退了下来
每次下楼，膝盖下部总有一点
钻心的疼
怎么上楼没疼
怎么以前没疼

屈膝这么多年
不知何时，那儿长了
一颗生锈的钉子

暴风雨（一）

那些年，四两的杯子
连干几杯
再夹几口辛辣风味的小菜儿

那是杯口粗的鞭子
沾着辣椒水
狠狠地抽打
可怜的尊严

风暴持续那么久
总有人坚强地活过来
谨以此，献给
曾在暴风雨中辉煌的人们

暴风雨（二）

平面感更强烈
即便运动的立体
沉默如柱，这么多
暴脾气
风言风语，感慨
语言的失落

夏日午后

鸟儿"啧啧"的感叹
不绝入耳
羡慕优美的诗句
浮躁的热烈溢于表情

幼鸟的好奇
夹杂其中
清凉室内华丽的外衣

远处传来机器的轰鸣
装修工地上
有节奏的捶击声

有节奏的
还有蝉鸣
一首流淌的纯音乐

添加几句道白吧
就算挥动了几下扇子
树下隐约有了一丝
清凉的骚动

安　慰

那么多牧羊人经过
相互打招呼连接的那么紧
没有一丁点儿分辨表情的余地
半死不活的真实，制造
经典的词句，使整个天空
黯然失色

有人数着羊死去
很多人骑着羊死去
也有人分割着羊
和羊一起死去

对将死人的安慰
一直持续到死后好多年

开　枪

记忆，只是部分
细致入微的观察
黑暗里，嗅出铁的气息
疾风，掷出没有回声的吼声
口琴丢了很多年
不会吹了，恐惧
天亮，习惯了不辨方向
就开枪

比爱情更大的

缓慢的呻吟
无言的苦痛蔓延
比爱情更大的
生活，繁华的阴影里流浪

下雪了，没有裘皮大衣
也会有热气腾腾的冬天
热火朝天的诗句
奋不顾身的团圆

才华，不是用来被发现的
这样想的时候
脸和眼睛，有些许潮红
不知道，这把火
能不能把所有人灼痛

雨中的古书斋

伞下
注视一抹橘红
所有一切都是沉重的
门、窗棂、书桌和椅子

风雨如初
年轮的沧桑
铭刻主人的皱纹
只是岁月不老
文字不老

套　路

偶然的机会
一带而过或是轻描淡写
人生的一瞬间
一条绳子，来得如此
漫不经心

即便不是一棵树
也会有更高处的牵引
手指，弯曲中张开
任由肆意的风
妄为，缠裹
直至纠结
一种连接，一种责任

紧密的路
相依为命的路
只能欢快
抑或艰辛
解不开的路

橘　颂

表里如一的鲜艳

络绎不绝的坎坷
深陷一个人的思想
厚实，柔韧的包裹
令人向往的光辉岁月

紧密无间的志同道合
一团火，一团温馨的火
辐射美好时光的火

一起成熟
成就季节的成熟
即便分离，也是成就
甘甜如蜜

崭　新

拖拉机正在闲置
每年也就使用两次
每次都是新的收获
翻耕清新的土地

和主人的期盼一样崭新
没有什么可以胆怯
比牛还要牛
这些年主人有吃不完的陈粮

古老土地上的一切都会变老
主人用手指掐着节气
拖拉机的擦拭带有体温

他们有共同的一颗心
顽强，一年年崭新

方方正正的距离

平原上，架设线缆的铁塔最高
它们有条不紊的联系
环绕着方方正正的麦田

你款款而来
拥入我怀
温柔也就进入坟墓

梧桐树上
没有主角的乐章
蝉疯狂演奏

这么多年
每次最近的接近
距离更遥远

百年新诗百部典藏

套牢高度

把自己倒挂起来
看看浮云之上
扎入尘埃的事物
繁茂的交错

悬空的人们
有人奋力填充脚下的空虚
有人拼命拽住垂下的绳索
为了推开别人
不惜引用脖颈
系紧臃肿的肥硕
套牢高度

在海边他这样眺望日出

静若磐石
聚集，希冀拨开
海天一线

彤红，染照海面
一片天空
叹为观止的开启

牵引漂泊的心
不再漂泊
旅程不再流浪
荒凉中演化生机

潮湿的苦难
盈眶而出
煦暖蒸发酸涩
净化丑陋

透明的，一切
如初
站立的高度
慢慢收紧的下颚

相信，世界
就是身体的两侧

参照物

值得参悟的任何事物
大的，小的
遥远的，当下的
一条或粗或细的线
变换颜色
确定太阳的亮度

不知道真的时高时低
有人拿自己的命换钱
保命，有人拿别人的命
换钱养命
拿别人的命换命保命的
线也就画到尽头

沉　溺

熟悉
所有残酷的词语
噩梦不醒
恐怖停不下来

后槽牙的丑陋
身体里服刑好多年
蓝色波纹和红色曲线的组合
冰冷的奢华
黑夜的光洁上起伏

后背，背着海洋
前胸驻着太阳
虚幻的大里，狂野
有限的小里
选择窒息的沉默
一个新鲜的词语
百剑刺过，过去的新鲜

碎玻璃

失去的人，走出
一堆堆玻璃残片
为这些透明的武器
寻找处所

那么亲密
熟悉和不熟悉的
都会暗示
旁观者的冲动

解救，包含了大量
个人成分
有人，挥手
击碎了一扇玻璃窗

仿古车

相似
模仿到骨子里
接近的情感
更接近偶尔的心情

只能跨越一个世纪
再早的前世
沉没，更深更浓的死水

一定不是穷人
也不算富人
没有颠沛流离的困顿
更不会有穷困潦倒后呼啸

与这座城市视频
一个赞叹今世
一个揶揄来生

马灯形灯具

火苗已用小灯泡代替
只是提手很相似
传递着慈祥的温度
与希望相像

右手握着铁锹
是智慧也是拐杖
大平原的夜晚跟随父亲移动
按捺不住惊喜而又小心翼翼

现在只有明亮，照耀孤独
肆无忌惮，穿山越岭
双手紧握马鬃，脚下
没有马镫

马灯不算古老
父亲的文明是古老的
遍布各个角落。即便
没离开过他的土地

情　欲

眼神，不足以
传递情欲
你有太多胸膛
宽阔或嶙峋
有时精壮的臂膀

只有舌唇搅动
再由对方购买
情人短暂的青春

多像戴望舒的小巷
一直回忆到脚步声消失
才感觉到雨
没有街灯也来了

蓄谋已久的雨

痉挛地抽打
不带血痕
细雨，浅浅流淌

精致的雨伞
期待或陶醉，一场湿滑
一场蒙蒙的敲打

季节就是季节
借刀杀人的把戏
蓄谋已久，乌云
制造一面镜子
急需整容

只能爱
深沉的肤浅
溢满汪洋
疏通爱，纯洁向往

蓝颜知己

只是两个孩子
四十几岁，在一起
闹着玩
不会为了小孩

远离荷花
逃避莲花
在没有玫瑰的花园
欣喜一枝火红

情趣或粗鲁
都叫蓝颜
比天空的蓝，蓝点儿
比海洋的蓝，安静

小溪那样思念

小溪那样思念
清脆悦耳，即便
结冰
也会跃跃欲试

蜿蜒曲折
阻断不了曲径通幽
腐朽，荆棘
只是看客

浅浅地唱
一首广阔的歌
遍地绿茵，蝴蝶纷飞
任意驰骋
尽头之处永无尽头

爱在心中，正在老去

我们颠三倒四，神魂
不会颠倒。真爱在心中
没有一种力量让我们立足
面对面亲吻

在太空沦陷
我们不需要食物
不需要艺术

甚至不需要水和空气

肉体具有永远的保鲜期
和所有的地球故事一样
爱在老去，缓慢
回味悠长

酷　暑

一条小鱼停止了游动
成为大鱼的一道早餐

热浪包裹着清晨
蝉声网罗着大片的摇动
静止，浓郁的风景

忙碌的小风扇
吹不起水面，浪花
鱼儿自己制造
龙门故事

散落沟沟坎坎
本来整齐地排列
增加荒芜的厚度
有人的婚期
一直拖延到严冬

习 惯

雨的边缘
徘徊了一夜
这样的情调
是怎样演变成滥情的

雨，支撑起天空
大地才不至于
阴云密布，不至于
暗度陈仓

有雨的夜晚
不再寂寞，不再麻木
空旷
有多少人，需要疯狂
治疗温柔的创伤

习惯了轮子
需要桨
需要有力的臂膀
不再曲折的前方

隐　藏

死亡是最深的隐藏
所有的细节
都会重复
文字更是重复

夜晚，偏僻，甚至
窗帘
有月光穿刺
洁白穿刺
汹涌被疲惫刺穿

没有衣服是美丽的
隐藏的工具
金属会腐烂
有羽毛随风飘落

漂白一场暴雨
只能是那些失踪的人
有合理的解释
还要看不出
不合理的表情

哪怕一丁点儿
光滑，散乱
举止流露的过错

承载不了一滴雨的叶子

石板和方砖密封下
还原土层的颜色
无法踩踏松软
无法弥漫泥土的气息
高跟鞋的声音，不忍和马蹄声
产生联想

那些承载不了一滴雨的叶子
趴在水洼里，覆在草叶上
成为晚秋

天空和大地的灰
挤压的绿和红
让欣喜若狂的人们
在灰烬边缘，欢欣鼓舞

比悬挂的时候柔绵
血管变为皮肤
毛孔失去血性
好像脱离母体的新生

空　的

巨石屹立了几亿年
注视大海
旁边的座位是空的
大脑是空的
心是空的

出现，也是空的
天空的泪，空的
透明的空
放弃了所有的渗透

空荡荡的
意想不到的颜色
成为滚动的玩偶

佐　料

可以不用
有盐即可

高档的佐料
好多人舍不得

有些普通的佐料
不适合某些人的口味

譬如诗歌

城市里的小鸭子

蹒跚着来
躲闪着去
为了几条微不足道的小鱼
终日惶恐

蹩脚表演
孤独夜晚
没有水，也就没有优美
谈何悠闲

羽毛不再丰满
欣喜张开的翅膀
尘垢散落

赶　路

青春的浪漫
立秋的第一个早晨
就滴落凉意

再刮风就是秋风了
再有几个这样的早晨
大地会和内心一样
泛黄

只能把温热咽下
脚步加快一些
去滋长新的浪漫

在黄色被铺满之前

绝情谷的一粒石子

只能在黑暗找寻，爱情
穿刺的爱情
毫无防备
丢弃连衣裙的
崭新

河中流淌的血
沉没，如铁，如冰
如妒忌，如寂寞
如绝情谷的一粒石子

沧桑的音韵
青春不再完整
不再完美的完整

玉砌栏杆

注定倾听风花雪月
注定扶撑威武庄严

拾级而上
接近太阳，贴近月亮
曲高和寡的一根琴弦
激昂或优雅
弥漫空寂

雾中的白
整齐如幻影
梦中的一排尘埃

等　待

招蜂引蝶
固执的贬义词
花儿，就在那里
只是随风而动
随微风略动

有蜂停一下
短暂，没有拍摄的机会
不知名的小飞虫
无声无息徘徊
看不清扇动的翅膀

蝴蝶在哪里
一定在等待
等待蝉声优雅
蟋蟀的情绪明快
如果等不到雨过后的一丝清凉
就是等待夕阳下的一份安详

仲夏情怀

热衷于深色的事物
葱绿，火红，湛蓝
溶于浓浓的情感
描绘美好

热衷于古老的诗句
悠远，精湛，辽阔
揉进平淡的日子
丰富了夏夜

热衷于沸腾的文字
深刻，热爱，狂野
同感一小片天空
宁静安详。缤纷辉煌

穿　越

别猜测
好久的梦
好与未来

闪影
一样的天空
廊洞，豪华的宫殿
隐于尚未拓展的空间

又是夜半时分
是否等待陌生的冲动
撞开心扉
还奢侈一次简陋

留恋在女娲部落
草棚复活
所有的叶子，遮盖
只为取暖

纯粹的人们
同时匮乏的
食物，智慧比精神
透明

沉香树

花开最浓时节
腐朽在繁衍
品种杂乱的害虫
望而却步
天鹅的魅力永存
沉香树
气质非凡

品格如炬
没有虫驻便没有农药
永远的自然气息

不会，省略了环节
生物链断裂
作为树的形象
洁身自好
丰裕万年

梦起的地方

眼前的远方
青春，激情，诗歌

没有跌倒在古谚语
老要张狂，少要稳当
即便羽翼未丰
一次次失而复得
斜刺如剑
攀登如跃

梦起，不落
永远是新的
起点，再大的洪峰
颠簸
浪尖上的远方

关于日记的思索

一

纸质的笔记本
不同于空间的日志
发布的时间会很迟

二

艺术
日记体裁的小说
青春是用小说写的日记

三

三天写一篇日记
就是再一次
冲出十几年

四

阴天的时候记下好人好事
赞美太阳的光芒

晚上的月亮也记在心上

五

集邮的富翁
就是不断整理日记
成为完整的一套

六

班级日记也是班长
工作日记是指导老师
夫妻日记也会成为家庭的纽带

七

不能背叛的过去
忠诚地对待今天
证明未来

八

涉及越广
心胸更宽阔
基石更加牢固

九

一直认为自己在坑里

读读别人的日记
水会流到流动的河里

十

没有嫉妒
动力，来自羡慕
引起的深刻的认识

涌动的包裹很薄

戴着墨镜
顶着遮阳帽
捂着口罩的女人
豪华越野车上
落下高档遮阳膜
车窗的表情

有什么牵引
裸露的臂膀
又是什么
在细腻洁白的胸部
流淌

繁华如静
涌动的包裹很薄
等待一把火
滚烫，朦胧
光环的绚丽

抱

愧疚
很小的时候
爷爷，叫得那么完美
不经意间，疏忽的
分寸

我可以抱你吗
没等到回答
已经健壮
穿梭，搂抱着我

延　伸

深一点儿，再深一点儿
直到遥远的清晰
不再清晰，想象
冲淡文字的浓度

消失的河流
变得苍老
声音穿透厚厚的夜晚
银河系的生命
试图跨越一次延伸
成为当代的神话

资格只是一洼潭水
容纳月亮的距离
你若不来
我便晦涩

墓　碑

文字
滴落在骨头上的血
皮肉已化为泥土
骨头站立

这时的名字最重要
死者为大
经历了生者没有跨越的人生

雨，在天之灵
落下的泪，清明节
擦拭得明亮和闪光

只有清明节是真实的

牙齿以外
膝盖是最后的骨头
相对脊椎

没有科目分类
是人类的遗憾
排斥所有的思想

只有清明节是真实的
每个人都是一段弧形
完美，在支点光彩

诗　柜

诗柜
和商场里的钱柜
珠宝柜
应该是同一个字

诗歌主题书店
有人光临时
就打开
无人问津的收藏
比风尘仆仆的高处
架着，高贵得多

盛醉墨
一个陌生诗友的名字
不是 QQ 好友
不是微信好友
只是在一个诗歌群
从未打过招呼

诗歌，宁波老外滩
今世永远的朋友

倾听聂鲁达

幽婉的旋律
沉溺于一种雄壮的情感
拍打地平线的海浪
深沉的眼睛，缓慢地失去
洁白的美好

沿着河流奔跑，穿过
树林的边缘
穿过潮湿的夜晚。一串脚印
坠立成永恒的栏杆

浑然不知精致的包裹
从早到晚，一个字眼到又一个字眼
那么痛的距离，降临的时候
无法到达

与鞭子有关

捂眼儿，拉磨驴的面具
即便再累，也不会晕
眼不见美食
少挨多少鞭子

戴着笼嘴儿，田间劳作的牛
不会把禾苗连根吞下
在鞭子下乱了阵脚
又践踏多少无辜

马掌儿，嘎蹬嘎蹬地潇洒
多拉快跑
暗合奋蹄的张力
鞭子，只是车夫吆喝的工具

爱与被爱

让人疼爱也是天性

爱与被爱
都是一种责任
相互都怕失去对方

细微的变化，抑或
轻微的变动
都是焦躁不安
都是期盼

爱得越细致
被爱的越依赖
即便短暂的失约
也会演绎轰轰烈烈

相守
即便不言不语
即便平静如水
即便这时，世界
也和我一样安静

我仰望什么

飞机拉线
拽住黄昏的天空
大地宁静
众多星星酝酿灿烂

太高了
目光拽得太远
手里的孤独，攥出
血痕
嘴里的梦想
飘成白云

井沿处

水已枯
有水的时候也是苦水
清凉的苦，单纯的苦
白了少年的黑发

不停有声音灌到井里
低闷，沙哑，悲痛
甚至炫耀，甚至
微弱

我发出的
不惑之年
在露珠晶莹的某个清晨

第三个人

太深和太高
只能感觉
看到的
已经化过妆的完美

自然的
甘愿孤独的
第三个人

围　墙

一座一圈圈紧密环绕的墙
许多层中，有的十分厚实坚固
有的十分柔弱也很坚韧，也有脆弱的
很漂亮

不合规矩，居其间而不见
或强加于他人，并不断修补
赢得称颂

抗争，干旱季节的几点雨滴
雷声轰轰，水泥或草泥凝固结痂
等待见证
不可分割的遗址

天命只是概念

没有星星的夜晚
是明亮的夜晚

可以没有茶
不能没有酒
少年羡慕的向往
那么欣喜，那么怀念

天命只是概念
不明白的
还是不明白的事
其实就是一个人

一岁也是财富
长在少年还是中年
为了更长的记忆
更精彩的日落

那些向下的高贵

脚，不只是为了穿鞋
各种颜色，不同样式
试着尝试高贵
其实高贵的脚不在乎穿什么鞋
甚至是赤裸的

昂起头的脖颈
再昂贵的项链也只是摆设
高贵本身就是昂贵

所有苦的东西，在隐秘的位置
延伸遥远的距离
泥泞、坎坷，甚至没有路可走
没有可以悬挂十字架的高处

埋没白骨的地方
无处立足
哪怕一小块墓碑

镶嵌在大楼上的月亮

镶嵌在大楼上的月亮
这高层的明亮
没有爱情的思念

我可以什么都不想，月亮
本身就是高度
比海市蜃楼还要高

你的皮肤比漂白的内衣
还要白，在黑色的外衣下
炫耀苍白的躁动

和神仙何等相似
三三两两到来，一哄而散离去

月圆夜

明亮聚集情感
圆圆的思念转动
是舵，也是赌盘

孤注一掷
留在世上一具躯壳
灌不满。一年四季的风
不同方向吹来，一旦开口
更加空空

江海湖泊，那些浪头不够大
我只是闲置的舵手
月圆夜，做做样子
不去惊扰
心上人的一生

小路上

遥远的起点，光亮
闪烁而来。还有更加遥远的终点

坚硬的地方就用坚硬的石子
水面之上有柔软的铁链
吊起比水更轻的木头

树木茂盛的地方
小路比小桥还要窄
同样惶恐不安
前面已经走过去的人

听不到脚步声
后面的人还很远
小路本来就小
只是终点很拥挤

有我，无我

影子无限放大
在太阳之上屹立
又像是太阳的手臂
试图抓牢对岸

山体，是常识也是哲理
头部重叠的部位
思想陡然峭立。没有影子
地平线的另一侧

湖泊，没有鱼游动
或许鱼，都是透明的鱼
时时刻刻鲸吞着自己

想 你

你想要的生活
能够给你了
你不要

宁静和红酒
还有白葡萄酒
简约，幽暗
阳光下的雨巷

高铁和高速公路
都是一个小时
你放弃焦急的停靠
我舍弃激情的奔跑

午夜，或午夜之前
天空永远是最明亮的
高的是憧憬
低的是过去

不远不近的
是你的那双已经冷漠的
眼睛

无法言语的恨

无法言语的恨
深刻，彻底

整个河床冻结
再多的美好
回忆的镜像忧郁
镶嵌，未来的化石

所有寓意的顽皮

同样音质的旋律
在不同的季节
重复

无风的雨
一阵紧似一阵
无数圆急剧碰撞
加深大地的褶皱

鞭挞也罢，深吻也罢
所有寓意的顽皮
只是骨膜的润滑
阻止不住骨头的顽固
钙化

思　念

有你
我会很好的爱我自己
如果上午有了你的消息
我会把酒集中在中午
茶，铺满下午
晚饭也不用吃了
我要有足够清新的身体
接纳你的夜晚

有你
连时间我都不爱
如果你希望我有点出息
一定是写给你的那些诗

空间的隐蔽者中一定有你
即便不断更改网名
地址也在不停变换
我坚信你是最忠实的读者

穿黑衣服的人

穿黑衣服的人
蹲在建筑物的影子里
站在树阴下
不断变换姿势
躲避夏天

正午时刻
暴露了耀眼的黑
只是裸露的皮肤
试图消退繁华的颜色

毛 孔

奔跑中扩张，沸腾中
扩散
罪恶、腐朽，甚至疲惫
呕吐干净

渴望每一次感动
穿越身体，锁进
细密的年轮，切割
多余的奢望

真的太渺小
不会流血，甚至
感觉不到痛
只是在冷漠里
缩一缩
在喧嚣的温暖中
隐没

放不下

夜，关住秋天
所有丰硕的星星
拽高天空
浓浓的黑，爽朗起来

打马切断河流
但愿
经过我的乌云别再经过你
扯不断的丝
缓慢沉重地滴落